物語のあるところ

月舟町ダイアローグ

吉田篤弘 Yoshida Atsuhiro

★——ちくまプリマー新書

400

目次

1　皿の上には何がある？

2　遠くに見えている灯り

イラスト◉著者

1

皿の上には何がある？

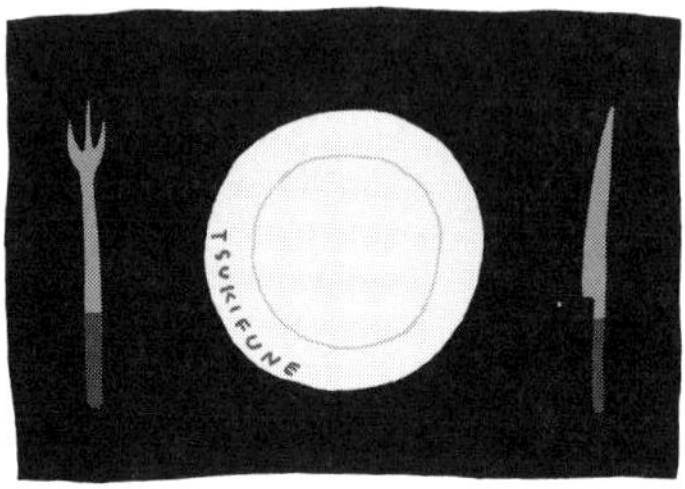
TSUKIFUNE

ぼくはいつでも、誰かが夜の町に佇《たたず》むところから物語を始めたい。

その人は、そこにそうして一人で立ち、ただ立っているのではなく、その人を取り巻くあらゆる事象と対峙《たいじ》している。

この事象には、その夜のたったいま起きていることにとどまらず、その人がそこへ至るまでの「これまでのこと」が含まれている。その人には、自ら語るべきことや、誰かに語られてしかるべき来歴がある。言い換えれば、誰かがそうして路地に立てば、余計な小道具など用意しなくても、自《おの》ずと物語は語り起こされる。

そういうわけで、この本もそのようにして始まっていく。

けれども、ぼくはいまから物語を始めたいのではない。

いつものように、物語が始まる舞台を用意してはいるが、爆弾処理班がひそかに仕掛けられた爆弾の起爆装置を慎重に取りはずすように、この舞台から、「物語」をそっと取り除きたい。そして、そのまわりにあるもの——物語を取り囲んでいるモノや、モノですらない考えやつぶやきといったものを並べていきたい。大きな白い紙をひろげ、そこへ見つけ出したものをひとつひとつ置いていく要領で。

具体的に言うと、ぼくはこれから「月舟町」と呼ばれる小さな町へ出かけていく。

それは、自分が書いた小説の中にある町だ。

小説の中、あるいは、本の中にある町なのだから、実際にそこへ出かけていくわけではない。でも、「出かけていく」という言い方を「おもむく」と言い換えるなら、これまでにぼくは何度もその町へおもむいてきた。物語を書き始める前からおもむき、書いているあいだはもちろん、書き終えたあとも、たびたびおもむいている。

それでどうするのかというと、ただひたすら考えている。

考えるために、ぼくは月舟町へおもむいている。

じつのところ、書く仕事のあらかたは考える時間に費やされている。それは少なく見積もっても結構な時間になる。そうなると、日常生活とのバランスが難しくなってくる。考えるだけで、一日を終えることはできない。食事をしたり、食事のための買い物をしたり、歯医者に通ったり、銀行に行ったりもする。本を読んだり、音楽を聴いたり、連続ドラマのつづきを観《み》たりする時間もほしい。なにより、眠る時間を確保しなくてはならない。

ときどき、寝食を忘れて何かに打ち込むのがいいことのように語られたりするが、本当に寝食を忘れるほど夢中になって得られるのは、いっときの喜びであるように思う。あとになって、取り返しのつかない疲弊がのしかかってくる。

となると、寝食を確保した上で、「考える時間」を日々の生活の中に組み込まなくてはならない。

そのための儀式、あるいは装置や方法のようなものとして、「月舟町へおもむいて考える」ようになった。これはようするに、心の置きどころの問題かもしれない。体は変わらずここにあるけれど、心は月舟町におもむき、生活の中のちょっとした隙間《すきま》の時間であっても、考えることができるよう、自分に仕向ける。

この儀式が日々の当たり前になってくると、リアルな生活圏とは別に、もうひとつの町が頭の中に生まれる。それで、そこへおもむくイメージも容易に得られるようになる。

ところで、ついいましがた「心の置きどころの問題」と書いたが、月舟町へおもむいて何を考えるのかというと、こうした「問題」と最後に付くあれこれである。たとえば、物語を書くにあたって生じる、「こだわりの問題」であるとか、「感情移入の問題」であるとか、「人称の問題」であるとか、「意図と誤読の問題」であるとか、そうしたことを、日々、月舟町で考えてきた。

ただし、問題に対して答えを出すのが目的ではなく——というより、そのこと自体が、なによりの問題で、すなわち、

「問題に答えを出すことが、はたして、いいことなのかどうか、という問題」

である。

結論から言ってしまうと、この疑問に対しても自分は答えを見つけられず、それはおそらく、「問題」に対する「答え」が、ひとつでなければならないという概念に縛られてしまうからだろう。

これまでに何度かこうした事情について書いたり話したりする機会があったが、その都度、自分なりのひとまずの考えとして、

「答えはいつもふたつある」

と書いたり発言したりしてきた。だから、問題に対してひとつの答えを見出《みいだ》そうとしているわけではなく、見出そうとしていないからこそ、考えている時間そのもの——考えているあいだの心の動きのようなものが要《かなめ》になってくる。

この過程は、なかなか言葉に残しにくい。ああでもないこうでもない、ああでもあればこうでもあるし、の繰り返しになってしまう。

しかし、このささやかな本には、こうした「ああ」と「こう」を、なるべくそのままのかたちで書いてみたい。噛《か》み砕いて言えば、ぼくが月舟町で考えたことであり、それはそのまま自分が物語＝小説を書きながら考えたことになる。

そのためには、「ああ」と主張する者と、「こう」と主張する者、二人の人物が必

要になってくる。物語はいつも夜の町に佇む誰かから始まるとしても、そこへ、その人とは別の人物があらわれることで動き始める。

動いていくことが、きっと大切で、これは身体《からだ》の動きだけではなく、考えが動いていくということでもあるように思う。

考えを動かしていくために、今宵《こよい》も誰かと誰かが町の片隅で話し始める——。

＊

〈りんご箱〉
果物屋の店先で、
デ・ニーロの親方と果物屋の青年。

「なぁ、青年」

デ・ニーロの親方の声だ。この親方のなりわいは古本屋で、瞳も髪の色も黒いが、ロバート・デ・ニーロに容姿が似ているので、そう呼ばれている。

一方、「青年」と呼ばれたもうひとりは果物屋を営んでいて、二人が言葉を交わしているのは、その果物屋の店先である。

時は夜もふけゆく二十三時四十五分。

この果物屋、じつに前代未聞の夜ふかしの店なのだが、その時刻ともなれば、さすがに客足も途絶える。店先に並べたりんごの木箱に腰をおろし、ああでもないこうでもないと二人の夜の会話がつづいていく――。

「このりんごの木箱だけど、いまどき、めずらしくないかい？」

親方の声が朗々と響いた。

「そうですね」と応じる青年の声はいかにも朴訥《ぼくとつ》だ。「ほとんどが段ボール箱で送られてきますけど、この林檎《りんご》農園は昔ながらの木箱で送ってくれるんです」

「昔はさ——昔ってのは、つまり俺が若いときの話だけどね、昔は果物屋からこいつを頂いてきて、貧乏暮らしのあらゆるものに化けたんだよ。こうして椅子にもなるし、テーブルにもなったし、俺の場合は何より勉強机だな。りんご箱にシーツの切れはしをかけて、そこで本をひらいて、ノートに小説なんか書いてた」

「あれ？　親方って小説を書いたりするんでしたっけ」

「いや、だから昔の話な。いまはもう読むだけで、書いてる時間なんてないよ。どういうものか、このごろやけに時間の流れが早いんじゃねぇかって思う」

「じゃあ、もし、時間があったら、いまでも小説を書いてみたいですか」

「あのな、青年。俺が言いたいのはそういうことじゃねぇんだ。俺は小説の話がしたいんじゃなくて、りんご箱のことを話してる。な？　この俺たちの尻の下にあるこいつだ。こいつを机がわりにして読んだり書いたりしていたとき、読んでる本が、いまより何倍も面白く感じられたんだよ。ノートに書きつらねた文章も、すごくいきいきしていた。それって一体、どういうことだ？」

「そうですね――読み書きにおける環境ってことでしょうか」

「あのな、青年。お前さんはそうやってすぐに漢字にしたがるだろう？『環境』とかなんとかな。もしかして、お前さんの頭の中では、りんごも『林檎』と漢字になってるんじゃねぇか？　そうじゃねぇんだよ。話は逆でね、俺は漢字の『林檎』をひらがなの『りんご』にひらいてくれるようなものを読みたいんだ」

「なるほど」

「なるほどって、本当に分かってるのかい？」

「分かってますよ。でも、親方が言いたいのは、りんご箱の上でひらいた本の方が面白く感じられたってことでしょう？」

「おお、分かってるじゃねぇか。そのとおりよ」

「ええ、ですから——そうですね——食べることに置き換えて言うと、環境によって、口にしたものの味が変わるんじゃないかって話ですよね」

「そのとおり。これはもう間違いないね。うちは知ってのとおり、カミさんが屋台のおでん屋をやってるだろ？　あれはやっぱり冬空の下で食うのがいちばんうまい。それと同じでさ、俺に言わせりゃあ、りんご箱の机で読んだ本がいちばん面白かった」

「でも親方、さっきご自分でおっしゃいましたけど、そのころ、とても貧乏でいらっしゃったんですよね」

「いらっしゃったって、お前、そんなところは丁寧に言わなくていいんだよ」

「きっと、ものすごく飢えていたんですよ、活字に」

「それはまぁ、一理あるな。飯を食うのを我慢して本を買ってたからね、飯にも本にも、思いっきり飢えてた」

「それは環境というより境遇ですよね。そのときの境遇が影響したんです」

「なるほど、境遇か。なんだか、俺がかわいそうになってきた」

「僕も本を読むのは好きですけど、どこで読んでも面白いですよ。というより、どこで読んでも面白い本が、本当に面白い本なんじゃないですか」

「そうな。それは俺も分かってる。いわば大前提だな。だけど、そういう大前提の先を探りたいって話でさ」

「その先——ですか」

「何ごとにも結論の先というか、もうひとつの考えってもんがある。だから、結論めいたものが出ちまったら、あえて、そいつを否定してみる。本当にそうか、ってな」

「それは単に、結論がまだ出てなかっただけじゃないですか。結論が出たと思い込んだだけで」

「ああ、思い込みの問題な。それはいいテーマだよ。だけど、その話はまた今度にしよう。俺が言いたいのは、何かを味わうっていうのは――まぁ、本でも音楽でも映画でも、あるいは、おでんのひと皿でもいいんだけど、単に俺とおでんだけが、俺と本だけがそこにあるわけじゃないってことだ。そのときの天候とか、夜なのか昼なのかとか。腹が減ってたとか、誰かと喧嘩《けんか》したばかりとか。ちょうど季節がうつり変わるところで、窓をあけたら花の香りがしたとか――そういう状況だか境遇だか知らんが、そういったもんが、俺とおでん、俺と本だけじゃなく、一緒にそこにあったんだよ。一緒にそこにいたってことだ」

「ええ。おっしゃってることは分からないではないんですけど、僕はここでこうして店番をしていて、こんなふうに――いまちょうど読みかけの本がここにありますけど――いつもこんなふうに膝の上に本をひらいて読んでるんです。で、本が面白

くて夢中になってしまうと、まわりの状況はすべて消えて、自分と本だけの世界になってしまいます。浮世を忘れるっていうか――それこそが本を読むことの喜びじゃないんですか」

「そうな。それはたしかにそのとおり。それはそうなんだけど、そのときの状況ごと本を読むと、あとになってその本を読み返したときに、読んだときの暑さとか寒さとか、外で風が吹いていた音とか、ストーブの石油の匂いとかね――ああ、あのとき眼鏡のレンズにひびが入ってたなぁとか、細かいことまでいちいち思い出される。俺にとって本を読むっていうのはそういうことで――おい、青年、聞いてるのか、俺の話」

「あ、すみません。この本、つづきを読み出したら、つい面白くて夢中になっちゃいました」

しまった。月舟町におもむいて考える、と書いたばかりなのに、ぼく自身が登場していない。いま会話をしていたのは、かつて書いた小説に登場した二人だ。かならずしも、ぼく自身が登場する必要はないとは思うけれど、せっかくなので、ぼくも誰かと話してみたい。

＊

これまでに月舟町を舞台にした小説を四つ書いた。そこに登場した面々を数えていくと――さて、何名になるのか――ざっと勘定してみたところ、猫や犬たちも含めて、ゆうに三十名をこえる。その中から、まずは誰と話してみたいかと言えば、やはり、「雨降りの先生」と呼ばれる彼だろうか。

やはり、とつい書いてしまうのは、この先生は三十余名の中で、ぼく自身に最も近い人物であるからだ。アバターと定めるほどではないとしても、ぼく自身の経験や考えが投影されているのは否めない。

とはいえ、ぼくは彼のように「雨降り」の研究などしていないし、決してイコールではない。イコールではないけれど、自分が存在していなければ、この先生も存在していない。この、「作者と登場人物はイコールなのか、そうではないのかという問題」について、ほかでもない彼と話してみたい。

彼にしてみれば、何のことやら分からないかもしれないけれど。

〈登場人物〉

時は午後九時二十七分。

雨降りの先生が暮らしている〈月舟アパート〉の六階、

二つの机が並ぶ先生の部屋で。

「おひさしぶりです。ときどき、こちらへいらしていると、デ・ニーロの親方から聞いています」

「ええ」と、ぼくはうなずく。「親方とはよく話をしています」

「帽子屋さんもですか」

「ええ、帽子屋さんとは朝方まで話し込むこともあります」

「となると、私には、あまり会いたくないということでしょうか」

「いや、まさか。そんなことはないけれど――先生とぼくは考えていることが似ているので、話が進展しないというか、確認し合うだけになってしまうというか」

「あ、それは分かりませんよ。作者としては信じたくないかもしれませんが、私もこう見えて、少しずつ成長しているんです。だから、いつまでも作者の手のうちにとどまっているとは限らないです」

「ええ、まさにそこなんですよ。こうして伺ったのは、そこのところを訊《き》きたくて」

「そこのところ、と言いますと？」

「登場人物が作者の意図からはずれて、自由にふるまい始めることがあるのではないか？　という話です」

「それは――そうですね、ちょっと言いにくいですけど、もしかして、作者がうまくコントロールできていないからではないですか」

「ああ、もしそうだったら申し訳ない」

「いえ、冗談です。ただ、その問いに答えるのは、なかなか難しいですよね。そちらではどうなんですか」

「そちらでは？」

「ええ。そちらにもそちらの町があって、そちらの世界とか、そちらの神様とかがいらっしゃるんじゃないですか？　だとしたら、あなたもまた、自分の人生を何もかも自分でコントロールできるわけじゃないですよね。あなたにも、あなたを動かす作者のようなものがいらっしゃるのでは？」

「そうですね――作者――と言えるかどうかはともかく、たしかに運を天に任せることはよくあるけど」

「『天』？　ですか。その『天』っていったい何です？　それってもしかして、あなたのマスターってことじゃないですか。だからきっと、そちらもこちらも同じなんですよ。天に従うときもあれば、天にそむきたくなるときもあります」

「それはつまり、自由がほしいということ？」

「そうですね――どれほど描写を尽くしても、行間や余白は生まれるわけですよね――私もいちおう物書きのはしくれなので、それはよく分かります。というか、何もかも隅から隅まで書いてしまうのは、どうもいただけません。おそらく、どんな文章にも余地が必要で、あそびというのか、逃げ場というのか、他の可能性というのか——きっと、そんなことを考えて、作者が——あなたですね——あなたが私たちにそうした余地を与えてくれたんじゃないかと」

「いや、それは単にこちらの描写がお粗末であっただけかもしれなくて——」

「いいえ、私たちにしてみれば、どちらも同じことです。もし、作者がお粗末であったなら、登場人物たちが積極的に補えばいいんです。逆に言うと、作者があまりに手を尽くしてしまうと、私たちはがんじがらめになって息苦しくなります。舞台のお芝居にたとえて言うなら、常に次のセリフや段取りにとらわれて、いきいきと演じられなくなります。そういう意味では——あくまで、そういう意味では、という話ですけど——あなたは私たちにとって、ちょうどいい『天』なのかもしれません。充分に余白があるというか——ありすぎるというか」

「なんだか、褒められているのか何なのか、よく分からないんだけど」

「いえ、ゆだねているんですよ。あなたもさっき、天に任せるとおっしゃいましたが、私たち登場人物は、全員——全員です、猫や犬たちでさえ、皆、あなたに命をゆだねています。あ、こんなふうに言うと、重荷になるでしょうか。でも、お気になさらず。私たちはたぶん誰ひとりとしてあなたのことを『天』とかマスターとか思ってないです。基本的に忘れていますから。たぶん、あなたが、あなたの世界でそうしているように、ときどき思い出すだけです。ちょっと困ったときなんかに、『神様、たすけてください』って。でも、そのうちそれも忘れてしまいます——どうでしょう、これで質問の答えになっていますか」

「そう——なっているのか、なっていないのか——どっちだろう」

「一度、あなたも、あなたの『天』と話し合ってみたら、何か分かるかもしれません。そちらの世界の登場人物の一人として」

月舟町を離れ、先生の言うところの「そちらの世界」――こちらの日常に戻って考えた。

人は――いや、「人は」と書くのはずるいので、「自分は」と書きなおそう。

自分は、あらかじめ決められたとおりのことに従うのが何より苦手だ。この世で最もイヤなのは、「決めつけること」で、より正確に書けば、「決めつけられること」である。言葉としては、「自由がほしい」「自由でいたい」となるが、そうしたセリフの裏には、もれなく「決めつけられること」への反発がある。

創作の名のもとにつくられた人物は、ともすれば、作者が考案した方針に決めつけられてしまう。縛られてしまう。

こちらの世界において、「作者」に値するものが何なのか、それこそ決めつけることはできないけれど、人それぞれで、親であったり、先生や師匠であったり、監督であったり、あるいは、政府であったり、神様であったりするかもしれない。

そう考えてみると、ぼく自身が決めつけられることから逃げ出したいと思っているのだから、自分がつくり出した登場人物たちは、なるべく自由であってほしい。思いのまま好きなように生きてほしい。

「この作者は登場人物を手なずけていない」と野次が飛んできても仕方がない。登場人物というのは、作者がどれほど工夫を凝らしても、作者の分身とみなされてしまったりする。そう決めつけられてしまうのは、なんだか気の毒に思う。思いのまま、のびのびと暮らしてほしい。

＊

などと言っているそばから、小説家は、「私は」と書いたり、「太郎は」と書いたり、ときには「君は」などと書いたりして、物語を立ち上げてしまう。

「君は」と二人称で始めることはごく稀《まれ》で、たいてい、「私は」「僕は」「俺は」「わたくしは」と一人称で語り始め、でなければ、「彼は」「彼女は」「太郎は」「ルーシーは」「ゴドーは」と三人称で始めたりする。

「この、ゴドーって、いったい誰なんだろう」と作者も訝《いぶか》しむことがあるし、読者はなおさら、「誰なのか教えてほしい」となる。

この、「誰なのか教えてほしい」という思いを、作者が実際に受けとるわけではないのだけれど、にもかかわらず、「それはですね」と少しずつ説明していくのが物語の基本であるように思う。これは、「私は」「僕は」で始めても同じことで、物語には、およそ、「語り手」と「語られる人」があらわれて、自分自身や誰かのことを説明していくことになる。

「おい、ひらがなで言ってくれよ」

と親方に怒鳴られそうだが、これはもう「説明」以外の言葉で言いようがない。ただし、いきなり履歴書のようなプロフィールを並べて説明しまうのは味気ないので、なるべく事務的な説明を避け、「僕」や「私」や「彼」や「彼女」や「ゴドー」をめぐる、その周辺の事物や人物に話題を移していく。ときには、肝心の「ゴドー」がいっこうに登場せず、その周辺ばかりが語られることもある。

かくして、「ゴドー」は謎の人物となり、一度も姿を見せず、周辺の事柄だけが語られていくという、逆手を取った手法もある。そうした場合でも、読み手の興味は「ゴドー」にあり、不在であるからこそ、登場が期待される。この場合、たとえ不在であったとしても、その人への興味が物語の中心にあるときは、その人物をあえて、物語の主人＝主人公と呼ぶことがある。

不在でも主人公になってしまうのだから、一人称で書かれた物語は、語り手である「私」や「僕」が主人公であることが多い。だから、うっかり、「私は」と語り出してしまったら、なかなか主人公の呪縛から逃れられなくなる。

〈いろいろな「私」〉
名前のない食堂で、
奈々津とサエコ。

時はじきに二十三時。所は名もなき食堂——通称〈つむじ風食堂〉。

十字路の角にあり、名前がないので、ただ真っ白な暖簾《のれん》を風にはためかせている。

この暖簾を揺らす風は十字路の中心で渦巻くつむじ風で、風のみならず、東西南北から客もやってくる。したがって、客もまた食堂のテーブルで渦を巻いている。

いや、この場合はくだを巻くと言うべきか。もとい、ここは品よく、常連客と言い直そう。ただし、この食堂の常連客は、つむじが渦を巻くというより、どこか、つむじが曲がっている。まずは曲者揃《くせものぞろ》いと言うしかなく、腹をすかしたこのつむじ曲がりの輩《やから》たちの中に、よく見れば紅一点、いや、よく見なくても、すらりと背の高い彼女は背を丸めても注目を集める。

それもそのはず、いちおうは舞台俳優で、「いちおう」とことわりを入れるのは、彼女が脇役の常連であるからだ。さて、脇役の何が「いちおう」なのか。昨今はむしろ脇役が花形で、主役ばかりがもてはやされる世の中など大した世の中ではない。つむじ曲がりは、そう心得ているが、彼女——奈々津さんと呼ばれている彼女は、俳優としての目標を「主役」と決めている。それで、後には引けなくなっている。それゆえの「いちおう」である。

そんな奈々津に、食堂で働くサエコさんが問う。

「主役になることが、そんなに大事なんですか」と。

「憧れてるのよ、ずっと」と奈々津は苦笑する。「主役を演じるのが夢ですって言いつづけてきたから、叶《かな》えないと示しがつかないっていうか――」

「でも、このあいだ、演《や》ってたじゃないですか、主役」

「あれは、ひとり芝居だからね。しかも自主公演。われながら、いいアイディアだとは思ったけど」

「そうですよ。舞台に立って、わたしが主役ですって言っちゃえば、こっちのもんです」

「でもね、なんだか虚《むな》しいの。前に読んだ昔の小説で、主人公の女の子が言ってた。――私はこの小説の主人公だけれど、書いているのは私じゃなくて作者です。だから、私が『私』と言っているのか、それとも、作者が『私』と言っているのか、だんだん見分けがつかなくなってくる――って」

「でも、それって、作者の方もそう思ってるんじゃないですか？『私』って書きながら、これは自分のことなのか、それとも物語の中の『私』なのかって」

「そうなのよ。じつはわたし、このあいだ、自分で台本を書いてみたの。朗読の舞台をやってみようと思って」

「朗読？　ですか」

「そうなの。一人芝居って、やっぱりすごく疲れるのよ。なにしろ全部一人でやらなきゃならないから。でも、朗読だったら、舞台の上に椅子をひとつ置いて、そこへ座って、膝の上にひらいた台本を読むだけでいいの」

「あ、私、それ、テレビで見たことあります。たしかに椅子に座って台本を読んでいました」

「でしょ？　だけどね、楽してると思われるのも癪《しゃく》だから、自分で台本を書いてみようと思ったの。で、いざ書こうとしたら、最初の一行目から迷っちゃって」

「一行目からですか」

「そうなの。つまりね、『私は』って始めるのか、それとも、『彼女は』って始めたらいいのか――それがもう分からなくて」

「なるほど」

「でもね、『私は』って書き始めると、なんだか本当にわたし自身のことを書いてるみたいで、途中で恥ずかしくなってきて、書こうと思ってたことが素直に書けなくなったの」

「じゃあ、『彼女は』って書けばいいんじゃないですか」

「そうなのよ。『彼女は』って書くと、『私は』って書くときより、わたし自身から距離を置くことができたの。あ、これはいいぞって、調子よくするする書けたんだけど、どうも、もうひとつ実感がこもってないというか、よそよそしいというか」

「難しいもんですね」

「で、雨降りの先生に相談してみたわけ。そうしたら、『ああ、一人称で書くか、三人称で書くか、という問題ですね』って言うの。だから、『先生はどっちで書きますか』って訊いてみたら、『一人称で書くときは三人称で書くときの気持ちを忘れないようにして書くし、三人称で書くときは、誰か一人に寄り添って、一人称みたいに書くんです』って言うの。意味が分からないでしょう」

「それで、どうしたんですか」

「潔くあきらめて、いつもどおり先生に台本を書いてもらうことにした」

「ああ、その方がいいですよ。奈々津さんは役者さんなんですから。役者さんは本当にすごいです。どんな人にもなれるんですから。私なんて、どこまでいっても、この私のままなんですよ？　奈々津さんは、いろいろな『私』になれて、うらやましいです」

「そうなのかな？」

「そうですよ。そんな楽しいことってないですよ」

who?

たしかにそうかもしれない。どうして小説を——物語を書きたいのかと考えてみれば、いろいろな「私」と出会いたいからだ。

もしかすると——これは本当に、もしかするとだけれど——人間というのは、いろいろな「私」に出会いたいと思っているのではないか。いろいろな「私」を知り、さまざまな「私」の思いを抱き、いくつもの「私」に可能性を感じる。しかし、なかなかうまくいかなくて、もどかしい思いになったり、苦しんだり、かと思えば、思いがけず出会った「私」と仲良くなって、生涯を共にしたり——。

人生とは何か、仕事とは何か、他人とは何か、自分とは何か、といったようなことを人は繰り返し考えるが、その答えを探っていく中に、いろいろな「私」をもとめる自分の姿があるように思う。

これはシンプルに言うと、未知の自分を知りたいということであり、同時に、自分ではない「他人」を知るときの喜びでもある。

　雨降りの先生が言う、三人称のモードで一人称を書き、一人称の気分で三人称を書くというのは、一人称で書くときは三人称の客観性を持ち込み、三人称で書くときこそ、その人物の内面に潜り込んで書くということである。

　自分の経験からしても、そうするとうまくいくように思うが、この「うまくいく」の意味するところが、未知の自分を知ることと、他人を知ることの喜び、につながっている。

＊

　どうして小説を――物語を書きたいのか。
　これには、もうひとつ理由があり、「考えたいから書きたい」のだと思う。

さかさまに言うと、書くという行為が、そのまま考えることになっていて、あらかじめ考えていたことを書くのではなく、とにかく手を動かして書き始め、書いていくそのアクションが考えを生んでいくのを見守っている。

何もなかったところに、自分の考えが文字になって刻まれていき、その、刻まれた文字に触発されて、次の言葉やイメージが生まれてくる。その連続が「書いていく」ことで、それが面白いから、書きつづけたいのだと思う。

「どうして、それを面白いと思うんですか?」

突然、帽子屋さんにそう訊かれた。

夜おそくに食堂へ行くと、かならずと言っていいほど帽子屋さんがいて、食堂のまかないなのか、メニューにはない白いシチューを食べている。

「これね、オイスターシチューっていうんです。牡蠣《かき》のシチューですよ。このあいだ、サエコさんがカウンターの隅でこっそり召し上がっているのを見つけましてね、店主に頼んでつくってもらったんです。うまいですよ」

「じゃあ、ぼくもそれをいただけますか」とサエコさんに注文し、マフラーをしたまま白い息を吐いた。相変わらず、寒い食堂だ。シチューの湯気が目に嬉《うれ》しい。

「たぶん、音楽に関係があると思うんです」

しばらく考えてから、帽子屋さんにそう答えた。

「何がです？」と帽子屋さんはシチューに夢中である。

「どうして、書いていくことが面白いのかっていう話です」

「ああ、そうでした」

帽子屋さんは文字どおりの帽子屋で、帽子を売る店を月舟町で営んでいる年長者だ。しかし、どういうわけか、ぼくが帽子屋さんに教えを乞うのではなく、帽子屋さんの方がぼくに答えをもとめてくる。それは、いちいち答えるのが難しい問いばかりで、その答えを探すことで自分の考えが少しずつ見えてくる――。

〈デタラメと即興〉

帽子屋さんと夜中の食堂で。

オイスターシチューを食べながら。

「先生はさ」と帽子屋さんはぼくのことを「先生」と呼ぶ。ぼんやりと小説を書いている者が、「先生」と呼ばれていい気になったりするのは、言うまでもなく気持ちのよいことではない。だから、「やめてくださいよ」と顔をしかめてみせるのだが、帽子屋さんは、にやにやしながら、「分かりましたよ、先生」と澄ましている。

そういう人なのだ。仕方がない。気持ちのよいことではないと分かっているのだけれど、この場面では、自分の名前を「先生」ということにして、顔をしかめながらやり過ごすことにする——。

「先生は、このあいだ、書きながら考えるって言ってたでしょう？　それは小説を書くときもそうなんですか」

「そうですね——」と考え、「だと思いますけど」と、やや曖昧《あいまい》に答えた。

「あらかじめ、どんなことを書くか考えてない？」

「いえ、少しは考えておきますけど、少しだけです」

「てことは、どんな物語になっていくのか、分からないまま書くってことですか」

「ええ、そうです。即興というか」

「ああ、先生は昔、ギターを弾いたり曲を作ったりしていたから——」

「いや、遊んでただけですよ？　譜面も読めないし。だから、誰かにコードを弾いてもらって、それに合わせて即興で弾くというか、デタラメに弾いてました。でも、そのときの楽しさと、書きながら考えていくことが――自分の書いた言葉が、すぐに次の言葉を生んでいく感じが、即興演奏の楽しさとまったく同じなんです」

「あたしはね――」

帽子屋さんは自分のことを「あたし」と称している。

「あたしは、楽器の方は、からきしなんで分からないんですけど、デタラメと即興は違うんですよね？」

「ええ。違うんですけど――なんていうか、うまいことデタラメに弾けば、即興の域に達するというか」

「上手なデタラメと下手なデタラメがあるってことですか」

「いや、そんな言い方自体がデタラメなんですが、上手なデタラメと即興演奏は聴き分けられないというか――はっきり言って、同じというか」

「そうなんですか？」

「そうなんですよ――なんて言ったら怒られちゃうかな。でも、あらかじめ譜面に書かれたものを弾いているのか、それとも即興で弾いているのか、はたからみたら、分からないときがあるんです」

「それは、どうしてなんでしょう？」

「ふうむ――それはですね――いまあらためて考えて分かったんですけど、音楽って、もしかすると、すべて即興なんですよ。たとえば、曲を作って譜面に書いていくのも、そのとき頭に浮かんだメロディーとか和音とか、あるいは、偶然、鳴らした音――まぁ、デタラメに近い感覚で鳴らした音とかを書きとめることで譜面になっていくんです。つまり、作曲というのは、即興演奏を定着させたものなんです」

「ってことは、逆に言うと、即興演奏はその場限りの作曲であるってことですか」

「そう言っていいと思います。だけど、なんとなく、即興というものに対して評価が低くなりがちで、考え抜かれたものの方が評価が高いというか――」

「それはまたどうしてなんです？」

「どうしてなんでしょう。やっぱり、即興とデタラメは紙一重だからなのかな」

「いや、そこのところが、あたしにはよく分からないんです。その『デタラメ』っていうのは、本当にデタラメなんですか？」

＊

これこそ、簡単に答えを出すべきではない問題で、これから先、何度も繰り返し考えたい――帽子屋さんと話し合いたい議題である。

「即興とは何か」という問題と、「デタラメとは何か」という問題だ。

特に後者が難問で、世の中で「芸術」と呼ばれているものに、その作者が臨むとき――なんでもいいけれど、たとえば、白い紙に筆で絵を描いていくとき、そこで起きているのはいったい何なのか。即興ではないのか？　もしかして、「デタラメ」と呼ばれているものに近いのではないか。

おそらく、「デタラメ」という言葉がマイナスの要素を孕《はら》んでいるのが問題で、たしかに、テキトウでイイカゲンな印象を与えてしまう。

しかし、面白いことに、「テキトウ」も「イイカゲン」も音で聞くとマイナスな言葉として響くが、「適当」「いい加減」と文字に書いてみると、印象が変わってくる。「デタラメ」もまた「出《で》鱈目《たらめ》」と書けば、この言葉が、「サイコロを振って出た目」が由来になっていることが思い出され、偶然の力――偶然の賜物《たまもの》という、芸術の正体のひとつに数えられるものが浮かんでくる。

この「偶然の賜物」が重宝されるのは、作り手が意図していないものと出会えるからで、これは先に書いた「未知の自分を知りたい」とも共鳴している。

こうしたことをひっくるめた上で、いまいちど「即興」の二文字に虫眼鏡を当ててみたい。

楽器を弾いた経験があり、なおかつ即興演奏を楽しんだ経験があれば、きっと理解できると思うが、即興というのは、偶然そこにあらわれたものと、すでによく知っているものとが、ちょうどよくあわさったものであるように思う。

未知の驚きと既知の快さがバランスよく配合されたものが理想で、自分の意図していなかったものが、自分の奏でた音としてあらわれるところに面白さがある。

こうした経験が自分の中に根づいているからなのか、ぼくは小説を書くときも、意図していなかったものを自分の中から引きずり出したいと思ってしまう。

自分の意図したことなど大したものではない、とすら思ってしまう。

というか、この「意図」なるものこそが、小説を書いていくときのいちばんの問題になってくる。

＊

食堂を出て、月舟町の商店街を南へのぼっていく。

この商店街は南北に横たわり、南の方がわずかに高台に位置している。だから、南にあるデ・ニーロの親方の古本屋を訪ねるときは、ゆるやかな坂をのぼっていくことになる。

坂をのぼっていくその足どりが、食堂で帽子屋さんと話していたことを反芻《はんすう》するのにちょうどいい。ゆるやかではあっても、坂をのぼっていくときは体の重さが感じられ、決して軽快とは言えない。

右左、右左と繰り出す歩みが、「さぁ」「どうなんだ」「さぁ」「どうなんだ」と停滞した思考を促す。錯覚かもしれないけれど、前へ進みつつのぼっていくことが、考えの進み行きに拍車をかけるような気がする。だから、考えが停滞したときは机から離れて歩くのがいい。歩くということは――驚いたことに――前へ進むことであり、体が前へ運ばれて行くのだから、考えもまた、A地点からB地点へと駒が進んでいるのだと信じたい。

というわけで、たどり着いたのは、最早《もはや》おなじみとなったB地点としての親方の古本屋である。

もっとも、すでに夜はかなり深く、古本屋はとっくに店じまいとなっている。が、照明を落とした店のいちばん奥に読書灯がひとつともっていて、その灯《あか》りのもとで、鼻眼鏡の親方が本を読んでいる。あるいは、居眠りをしている。

コツコツとガラス戸をノックすれば、顔を上げてこちらを確かめ、鼻眼鏡を正しい位置に戻しながら、「おう」と親方は手を挙げる。入口のガラス戸は鍵がかかっていないので、「おう」のひと声さえ聞こえれば、それで入店が許されたことになる。

〈よく分からないもの〉

親方の古本屋で。

デ・ニーロの親方と――。

どういうわけか、帽子屋さんには「先生」呼ばわりされて質問攻めに合うのだが、その鬱憤《うっぷん》をため込んで、今度は、ぼくが親方に質問を投げかける。

肉づきのいい親方の体の中には、何万冊もの古本から仕入れた知恵と知識と詩情がみっしり詰まっている。だから、どんな問いを投げかけても、

「アンタ、そんなことも知らないのかい」

と即座に答えてくれる。

親方は僕のことを「先生」なんて言わない。「アンタ」である。

「アンタはさぁ、もう少し自分で勉強した方がいいんじゃゃねぇか？」

読書灯ひとつだけがともる古本屋の奥で、二人の影が店の本棚に揺れ動く。

「すみません」と僕は恐縮する。「帽子屋さんと話していたら行きづまってしまって」

「いや、アンタは考えすぎなんだよ」

「すみません」

「まぁ、一杯飲みなさい」と酒ではなく親方のいれてくれた番茶が出る。ずずずっと二人して番茶をすすり、話はさっきのつづきで、「意図」をめぐるあれこれである。

「なるほどな」

と親方は呑《の》み込みが早い。

「つまり、アンタが言いたいのは、小説を書くときに自分の意図が邪魔になるときがあるってことか」

「ええ。そもそも、意図とかテーマとかって必要なんでしょうか」

「それは、必要だと思えば必要だし、必要ねぇなと思えば必要ないんじゃねぇか」

「――――」

「答えになってないか。だけど、あながち冗談じゃなくてさ、ようするにアンタは自分の意図やらテーマやらを、読者の皆さんに伝えたいのかい？」

「ええ、それこそが悩ましい問題で、伝えたいことがないわけではないんです。でも、あれ？　意図を伝えるために小説を書いているんだっけ？　と立ちどまってしまうんです。そうではないような気がして――」

「じゃあ、意図のことなんか忘れちまえばいい」

「ですよね。そう思うんですけど、これって、こだわりの問題と似ていて――」

「ああ。こだわりは持つべきものか、捨てるべきものかって話な」

「前に、親方、言ってましたよね。もともと、こだわりっていうのは、捨てるのをよしとしていたって。親方も、親方の父上に、『そんなこだわりは捨てちまいな』って叱られたって」

「そうよ。『そんなことにこだわるなんて、みっともねぇぞ』って、よく言われてたよ。だから、たっぷり親父《おやじ》の影響を受けた俺は、巷《ちまた》にはびこる『こだわりのナントカ』みたいな宣伝文句に、『ちっ』と舌打ちが出る」

「ええ。でも、まったくこだわらないラーメン屋っていうのもイヤですよね」

「それはそうだよ。しかも、それはそれで、『こだわっていません』っていうのが、しゃらくさいこだわりに見えてこないか？　要は、どっちにしろ、能書きを垂れない方がいいってことだ」

「能書きですか」

「まぁ、ひらたく言えば自慢だよ。俺のつくったラーメンはうまいぜ、っていう。アンタの場合で言えば、俺の書いた小説は面白いぜ、っていう啖呵《たんか》だ。そんな啖呵は切りたくありませんって、アンタは言うだろうけど、じゃあ、どうして小説を書いて世に問うのかって話だ。書くことは啖呵みたいなもんじゃねぇのか？　なんだかんだ言っても、自分の小説は面白いんじゃないかって思うから、書いちまうわけだろ？」

「いや、そこなんですよ、親方。なんだか、それって図々《ずうずう》しくないですか」

「じゃあ、書かなきゃいいじゃねぇか。でも、アンタは放っておいても書くよな？アンタ、いつか言ってたじゃねぇか。『自分は依頼がなくても書く』って。『誰も読まなくても書く』って」

「ええ。誰も読まなくても、自分で読みますから」

「だろ？　あんたはやっぱり自分の書いたものが好きなんだよ。でな、ラーメン屋の話に戻るとさ、ラーメンが嫌いな親父がつくったラーメンを食いたいかって話だ。おいしければ、なんでもいいって考えもあるだろうけど、俺はやっぱり、ラーメンが好きで好きでたまらない奴がつくったラーメンを食いたいね」

「いや、自分にそこまでの情熱があるかどうか分からないんですけど」

「自分の味に自信がないのかい？」

「あれ？　いつのまにか、ぼくが問い詰められてるじゃないですか。答えがほしいのは、ぼくの方なんですけど」

「ああ、そうか――で？　何を知りたいんだっけ」

「ええ、ですから、小説を書くにあたって、意図やテーマは必要なのかっていう話です」

「ていうかね、意図もテーマもなしに、お話を書くことってできるのかい？」

「あれ？　また訊かれちゃいましたね」

「いや、いまのは俺なりの答えでさ。できないんじゃねぇのかい？　って言ってるわけだ」

「やっぱり、そうですかね」

「ただね、意図を伝えることが、書いたり読んだりすることの目的になっちまうとさ、小説の場合、意図がまったく伝わらないってことがあるわけだよ。だから、伝えたいものにこだわりすぎると、残念な結果になっちまうこともあるわけだ。そこは覚悟しておかないと――」

「白い玉を投げたのに、受け取った人には赤い玉に見えたってことですよね」

「それを世間では、『誤読』なんて言ったりするけれど、俺は『誤読』って漢字が好きじゃない。誰か、もっとしゃれたひらがなにしてくれないかな。少なくとも、誤りっていうのは言い過ぎだろう。大体、小説や、詩や、物語ってのはさ、食堂の皿とおんなじなんだから」

「皿ですか――」

「そうよ。まぁ、皿の上に何かしら載せてるんじゃねぇかとは思うけど、それが何なのかは、作者にも、読者にも、俺にも、神様にもよく分かんない。『はい、これでございます』って言えねぇんだよ。よく分からないものを、なんとか皿に載せて届けようとしてる。その試みが、書いたり読んだりするってことじゃねぇのか？　だから、アンタは皿に盛り付ける側だけどね、何を盛り付けているのか、きっぱり言えないし、言えなくていい。言える方がインチキかもしれんぞ。まぁ、言えないから、自信をなくしたりするかもしれないが、それでいい。簡単に言えないものを、なんとか手渡そうとする――その努力に心が動かされる。違うかい？」

「あれ？　また訊かれちゃいました」

「だって、俺ばっかり喋《しゃべ》ってたら、舌がもつれちまうだろ」

「すみません」

「だから、アンタの言う『自分の意図していないもの』を引きずり出すっていうのは、言えないものをなんとか探り出そうとすることと同じなんじゃねぇか？　ついでに言っちまうと、意図したものだって、伝わるかどうか分からないんだから、向こうから見たら、そこに分け隔てはない」

「そうなんですね」

「つまりさ――まぁ、これが今夜の俺の結論だけど――アンタは何も分かってないってことだ。分かってなくて当たり前だし、分かってないアンタが、分かんないけどすごくいいものを――すごくいいってことだけは分かってるものを、どうにかして、つかみ取ろうとしてる。その悪戦苦闘ぶりを書けばいい。アンタが懸命に苦闘すれば、かならず読者が読んでくれる。読んでくれるっていうのは、アンタの苦闘をたすけてくれるってことだ。そう信じていい。それが今夜の結論で、明日《あした》は明日で、明日の結論がある。だから、明日も生きよう。アンタは書け。俺は読む。書く奴《やつ》がいれば、きっと読む奴がいる。そう信じていい」

2

遠くに見えている灯り

DJANGO

皆さま、今晩は。

わたくし、〈月舟シネマ〉の番犬をつとめております、ジャンゴと申します。

いちおう、ジャンゴというのが正式な名前になっておりますが、人間の皆さまはわたくしのことを「アンゴ」と呼んだり、「ゴン」と呼んだり、「犬」などと呼んだりいたします。

もっとも、これは人間の世界における慣例のようで、正式な名前とは別に、あだ名、ニックネーム、ハンドルネーム、ペンネームといったような別名を誰かに命名してもらったり、自ら名乗ったりすることで、さまざまなコミュニケーションを円滑に保っているように思われます。

さきほど、わたくしは自分のことを「わたくし」と申しましたが、もともとは「私」＝わたしと申しておりました。しかしながら、何ごとも古風なものを好むわたくしとしましては、「わたし」という響きより、「わたくし」の響きの方に、より親しみを覚え、最近は「わたくし」と称するようになった次第であります。

このように、少しずつではありますが、人にも犬にも変化というものがありまして、小説の世界においては、こうした変化のことを「成長」などと称していやがる——失礼いたしました——称しているようであります。

わたくし、小説や文学に関わることは、すべて、デ・ニーロの親方の訓示を受けております。正確に言いなおしますと、親方のひとり言、つぶやき、ぼやき、といったものから学んでいますので、ときどき、親方の口ぐせですとか、少々、荒っぽい言葉づかいなども、つい口走ってしまいます。御無礼、お許しください。

親方によれば、「江戸っ子は口は悪いが、気はいいんだ」とのこと。

この、「気はいい」を、わたくしなりに解釈いたしますと、「愛がある」ということではないかと思われます。

親方は、しばしば「コイツはろくでもないな」「みっともないよ」「分かってねぇな」というようなことを舌打ちをまじえながら申されますが、そう言いながらも、その対象となる人であったり、言動であったり、作品であったり、食べものであったりに、親方なりの愛情がこめられているように思います。

というのも、親方はときどき、「なぁ、アンゴよ」とわたくしに語りかけてくるのです。

「お前から見た人間の世界はどんなものだ？　なんとも愚かしいだろう？　それとも、そんなことは分からないか。そうかもしれんな。お前には分からんかもしれんけど、それはお前が愚かだからじゃないんだ。人間が愚かなんだよ。嘆かわしい限りだ。ろくでもないし、みっともないし、なんにも分かっちゃいない。だけどな、俺がこうやって口うるさく言うのは、人間はやはり大したもんだし、愛《いと》おしいし、涙ぐましいってことだ。だから、どうかお前もひとつの面だけを見て、決めつけないでほしい。決めつけて、評価を下さないでほしい」

「人間が愚かしいことをしたり、訳の分からんヤツになっちまったりするのは、俺が見るところ、ひとりひとりにいろんなものが詰まってるからだよ。じつに複雑だ。だから、人間には人間が分からない。分からないから、生きているあいだ、ずっと分かろうとしつづける。人間てのは、知りたいっていう思いで動いてるんだよ。でも、どうしても分からないところは分からない。複雑だからね。分からないから、いらいらしたり怒ったりする。八つ当たりもする。俺がそうだ。『もう知らんよ』とふてくされたり」

「だけどな、はたして俺ごときに何がジャッジできるのかって思いなおす。よく『個人的な意見』とか『個人的な感想』なんて言うけど、意見や感想っていうのは、そもそも個人的なものじゃないのか。個人的じゃない意見や感想を言う方が難しい。不可能と言ってもいい。むしろ、人は皆、個人的な意見や感想しか言えないことに絶望するべきだ。じゃあ、なぜ言えないのか？　それはな、意見や感想には、どうあがいても『自分』てものがつきまとってくるからだ」

「何かとても普遍的な考えを述べたような気になっていても、じつはそこに、『自分』というみみっちいものが引っ付いている。そいつから逃れることは決してできない。本当は、もっとニュートラルなことを言えたらいいのに、どうしても『自分』が邪魔になってくる。ちっともニュートラルなんかじゃない。ただのちっぽけな俺の意見にしかならない。なのに、個人的じゃない意見や感想がどこかにあると思ってる。そうだったらいいのにと思ってる。もし、そんなものがあるとしたら、その正体は本音を隠すための『タテマエ』ってヤツだ。最近は『ソンタク』なんて言葉も横行してるが、タテマエやソンタクこそ、個人的かもしれん。それこそ、タテマエとしては、相手やまわりを気遣っているように見えるけれど、本当は自分の身をまもりたいだけかもしれん」

「立場上——なんて言葉もよく耳にするだろう？　そういった言葉ばかりが次々と発明されていく。いや、俺は文句が言いたいんじゃないんだ。俺が言う『涙ぐましい』ってのはこのことでね、人間には、分からないこと、理解できないこと、どうにもならないことが山ほどある。だから、お互いの愚かさをいたわるために、いろんな言葉を発明してきた。それもまたひとつの文化だろうし、行き着くところ、すべては争いを回避するための知恵なんじゃないかと思う」

とこのように親方のつぶやきは延々とつづき、一言一句、すべてを覚えているわけではないのですが、およそ、このようなことを言っているのではないかと思われます。わたくしには難しいことが多々あり、わたくしもまた、『意見』や『感想』について考えております。

はい、犬だって、もちろん考えます。

もし、犬としての考えを親方に伝えることができたらと、もどかしく思うときもあります。

いえ、もちろん、自分のような世の中を知らない一匹の犬が吠《ほ》えたところで何になるのかとも思いますが、個人的な――つまりは、ひとりひとりの――意見や感想というものは、世の中を映す鏡みたいなものではないかと思われます。

鏡を見るのはとても大事なことですが、注意が必要です。

わたくしの知るところでは、あの鏡というもの、実際の姿とはさかさまに映っているとか。そこのところは充分に注意し、ときどき、鏡に映るものを見るといいのかもしれません。

*

でもね――とぼくはジャンゴに伝えたい。

意見や感想は大事なものと分かっているけれど、鏡を見るのが憚《はばか》られるときがあるように、それらに触れるのを躊躇《ちゅうちょ》してしまうときがある。

親方やジャンゴが言っているのは、世の中全般に対する考えや意見のことだろうけれど、ぼくが月舟町で考えるのは、やはり小説に関わることで、小説を書いていれば、どうしても自分が書いた作品への意見や感想に触れることになる。

いや、「触れることになる」なんて言い方は正しくない。正しくは、読んでくれた人の意見や感想を「聞きたくなる」だ。

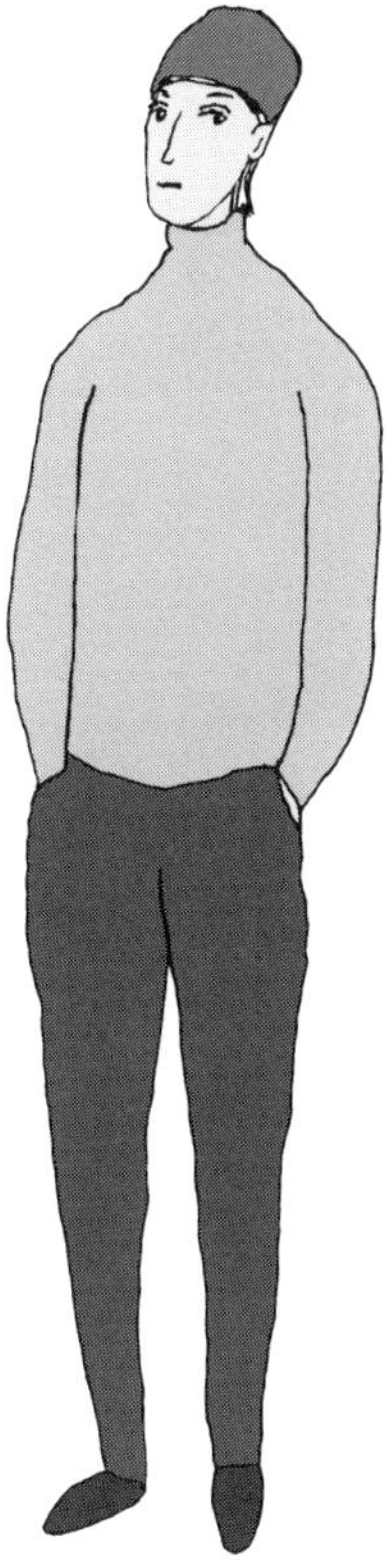

なぜ、聞きたいかというと、書いているあいだ中、（本当にそうか？）（これは、これでいいのか？）（みんなはどう思うんだろう？）といったようなことを考えているからだ。

書き手によってそれぞれなので、あくまでもぼくの「個人的な」――しかし、タテマエではなく、きわめて率直な――思いなのだが、いま自分が書いているものを、かならず誰かが読んでくれる――読者がいる――と想定して書いている。

そんなの、当たり前じゃないか、という声が聞こえてきそうだが、親方が言っていたように、ぼくは依頼がなくても書くし、誰も読んでくれなくても――極端なことを言うと、世界が滅亡して自分ひとりしか生き残らなかったとしても――書いては考え、考えては書く、をつづけていくと思う。

しかし、こんなふうに表明してしまうと、読者の皆さんを忘れているような印象を与えかねない。

そうではないのです。

きっと、誰かが読んでくれると思いながら書き、誰なのか分からないその人に向けて書いているのは本当で、その「誰なのか分からないけれど、誰かに向かって書く」というモードに則《のっと》っているから書けるのだと思う。

これは、自分の書くすべての文章に言え、プライベートな文章においても同じことだ。手紙やメールは受け取ってくれるその人に向けて書き、メモや日記といったものは、未来の自分に向けて書いている。

こうしたことも、「そんなの当たり前じゃないか」と言われそうだが、あたりまえのことをあらためて考えてみるのは悪いことではない。あるいは、あたりまえのことをあらためて考えてみることが、物語をつくる者には必要で、「あたりまえ」がおびやかされるときに、物語やドラマが生まれてくるように思う。

自分の書いたものに対する読者の皆さんの感想は、まさしく自分が映された鏡で、

（あ、髪が乱れてるぞ）と気づいたら、あわてて櫛《くし》を入れてなおす。（今日は、なかなかいいんじゃないか）と悦に入って斜に構えたりすることもある。「ああ」と声をあげて嘆いたり、「てやんでい」と鏡を睨《にら》んだりすることもある。睨んだところで、鏡に映るのは自分なのだが、それは読者の皆さんを通過した自分で、良くも悪くも完全な実像ではない。

だから、そこに映っている「作者としての自分」は、ダッシュのついた自分であり、褒められれば、だらしなくニヤニヤするけれど、腐《くさ》されたら、

「ですよね、今度会ったら、あいつに言っときますよ」

と「あいつ」のせいにして、しらばっくれるときもある。

そうしないと、基本的に一人で考えて一人で表現しているのだから、実際のところは、「あいつ」のせいにすることなどできなくて、すべて一人きりで抱え込むことになる。

きっと誰かが読んでくれると思いながら書く、というモードには、そうした側面も含まれているわけで、「伝わるといいんだけれど」と常にそう思いながら書いていても、「そうか、伝わっていないのか」と何度も鏡に教えられてきた。

読者の感想を目にし、伝えたかったことが、じつは伝わっていなかったのだと知ることで、書き手——ぼくですね——が髪の乱れをなおしたり、ともすれば、髪型そのものを変えたりというようなことをしてきた。

それでも、伝わらないことがあるし、何もかもきっちり伝わればいいというものでもない。

この「伝わらない」には、「理解されない」ケースと、「違う解釈によって受け取られている」ケースがある。そのふたつが補完し合っていることもよくある。

いまさっき、「伝わればいいというものでもない」と書いたのは、伝わらなかったことで、作者の思惑とは別の解釈が読者それぞれの中に生まれ、それもまた小説や物語の面白いところであると思うからだ。

そうしたことをひっくるめた、いまのところの自分の考えをまとめてみると、なるべく読んでくれる人たちに伝わるように書き、そのためには、ときどき鏡で自分を確認して、なおすべきところはなおしていく。それでも、伝わらないところがあったら、そこから先は、それぞれの解釈の自由と捉え、その自由な解釈からも何か学べれば、それはそれでいい。

なにごとも「あ、ここから学べるな」と思えれば、変化や成長の余地がある。

「自分で、成長なんて言ってやがる」と親方に野次られそうだが、皆さまに背を向けて言わせていただくと、ぼくの本音は、

「明日もまた、楽しんだり苦しんだりしながら小説を書きたい」

に尽きる。

「成長」うんぬんは、つづけていくのための——すみません——タテマエである。

＊

すまない、ジャンゴ。

本当は君が話してくれたことや、君が望んでいることを皆さんに紹介しようと思っていた。それなのに、つい「自分」が邪魔をして——いや、「自分」がのさばって、「俺が、俺が」になってしまった。

君のことは忘れていない。君が読者の皆さんから、「もしかして、誤解されているのでは」と困惑していることも知っている。それは、ぼくが君の物語に、『レインコートを着た犬』というタイトルをつけてしまったせいだ。

このタイトルの意味するところが、「レインコートを着ている犬」と解釈されてしまい、君がおしゃれを重視した小賢《こざか》しい犬だと思われている節がある。

だから、君の代わりにぼくがここではっきり皆さんにお伝えしておく――。『レインコートを着た犬』というタイトルは、「本当はレインコートなんて着たくなかったけれど、いろいろあって、レインコートを着ることになった犬」という意味である。

つくづく、日本語は面白いし、つくづく難しい。

タイトルからして、すでに真意が伝わりにくくなっている。

とはいえ、読み始める前は、「着た犬」を「着ている犬」だと思っていたのだけれど、読み終えたときは、「着ることになった犬」と理解が進んでいるのが最も理想的かもしれない。

「あ、もしかして――」

と直さんの声が独特な間合いと一緒にこちらの耳に届いた。

「もしかして、あなたもそうだったのではないですか」

いやはや、じつに鋭い人だ。

そのとおり。白状してしまうと、作者であるぼくも、タイトルをつけたときは、「着た」の意味のするところは、「着ている」と解していた。例によって、物語の先行きを決めていなかったからだ。

が、書き進めるうちに、

（ああ、そうか。これは、「着ている」が「着ることになった」に変化していく物語なんだな）

と気がついた。ぼくの中でタイトルの解釈が変わったのだ。変わっていくことで、物語がつくられていったと言ってもいい。

「なんか、そんな気がしました」と直さんが静かな声でそう言った。

彼は、『レインコートを着た犬』において、ジャンゴに次ぐもう一人の主人公なので、この機にいろいろ話してみたかった。しかし、いかんせん無口な青年で、ぼくの前では、特に喋《しゃべ》らなくなる。

ただ、この物語のマドンナ役と言っていい「初美さん」と呼ばれる彼女だけには、心をひらいて自分の考えを打ち明けている。だから、ここは初美さんに登場していただき、作者はしりぞいて、二人の会話に耳を傾けることにする。

所はジャンゴが番犬をつとめる古びた映画館〈月舟シネマ〉のロビー。

その日の最終上映が終わり、館主の直さんと、彼をサポートしている初美さんがロビーのソファーで紙コップに注いだ一杯百二十円のコーヒーを飲みながら話している。時刻は二十一時をまわったところ。彼らのかたわらには、いつものようにジャンゴがいて、二人の会話を聞くともなく聞いている。

〈切実な犠牲者〉

〈月舟シネマ〉のロビーで。

直と初美とジャンゴ――。

「今日、お客さんは?」と初美さんが訊《き》くと、

「二人」と直さんの低い声がロビーに響いた。

「やっぱり、そうなのね。『三ミリの脱出』はいい映画だと思うけど、たくさんお客さんが来てくれる映画ではないのよ」

「そうなのかな」

「このあいだの――なんていうタイトルだっけ」

「『レインボー・ファントムの冒険』」

「あれはすごく人気があって、満席になった回もあったじゃない。きっと、ああい

う映画がいいのよ」

「ああいう映画って？」

「そう――なんていうのかしら――ストーリーが分かりやすくて、勇敢な主人公が困難を乗り越えながら冒険して――たくさん危ない目にあって――仲間が死んじゃったりね――途中、主人公の彼も闇の世界に引き込まれそうになるでしょう？　でも、なんとか踏みとどまって最後は闇の世界が消えていく。すっきりした終わり方で、お客さまはみんな楽しそうだった。『ああ、面白かった』って」

「たしかにね。お決まりのストーリーなんだけど、すごく分かりやすい。やっぱり分かりやすいっていうのがいいのかな」

「それだけじゃないと思うけど――途中から闇の世界が勢力を増してくると、あたりまえの日常がおびやかされるでしょう？　そこから一気に物語が加速して、どんどん面白くなった。わたし、あの映画を観《み》て思ったんだけど、物語って、どうして笑ってるだけじゃ駄目なのかしら」

「え？　駄目なのかな？」

「駄目ってことはないけれど、もうひとつメリハリがないっていうか――」

「笑ってるだけではメリハリがないってこと？」

「日常をおびやかす不穏なこと――ダークなことがあらわれると、物語としては面白くなるみたいなの」

「じゃあ、ダークな要素がなかったら物語は面白くならない？」

「たぶん、そう。でね、それはどうしてなのかって考えてみたんだけど、みんな、最後にすっきりしたいのよ。もやもやしたくないの。最後にすっきりするっていうのは――あの映画もそうだったけど――最後に、いいことがあるってことなの」

「たしかに、そんな話だった」

「でね、そのいいことを手に入れるためには、なにかしら失う必要があるみたいで、犠牲《ぎせい》っていうか――」

「どうしてそうなるのかな？　犠牲って、誰かが命を落としたりすることでしょう？」

「そう。ちょっとした失敗とかじゃなくて、ダークなものに負けて、悲しいことになったり、すごく苦しんだり。それはそれは切実で、切実でなければ意味がないんだと思う。切実なものって、限りなく死に近いか、死そのものだから」

「ふうむ――」

「そう思わない？」

「そうだなぁ――もし、僕が映画をつくるとしたら、どんな物語にするだろう？」

「直さんは、きっと、そういう映画はつくらないでしょう」

「いや、いま、自分が面白いと思った映画のことを考えていたんだけど、たしかに、どの物語にも犠牲があって、負の力が物語を動かしていたような気がする」

「ただね、たとえばゴンちゃんみたいな、けなげに生きている小さな生きものが犠牲になったりするのは耐えられないの。それだけは、ぜったい無理」

「でもさ、そうなると、どんな人だったら犠牲になってもいいの？　やっぱり僕には考えられないな。物語を面白くするために誰かの命を奪うなんて」

「あれ？　いま言いませんでした？　自分が面白いと思った映画には、どれも犠牲者がいたって」

「いや、それはそうなんだけどね――」

「観ている分にはいいけれど、いざ、自分がつくる側になったら、そんなことはできないってこと？」

「そういうことかな。というか、どうしてそんなことが必要なのかなって」

「それはね、たぶん、現実じゃないからよ。物語は現実に似せてあるけれど、似せているだけで、現実じゃないから。現実だったら、『面白い』なんて言ってられないし、そもそも、現実に起きることは、つくろうと思ってつくれないから」

「じゃあ、どうして現実に似せるんだろう？　どうして、切実でなければ意味がないのかな」

＊

もし、ゴンちゃん——本当の名前はジャンゴだけれど、なぜか初美さんは、ゴンちゃんと呼んでいる——が二人の話に参加できたら、どんな意見や感想を述べていただろう。

「あの」と彼は誰へ向けてなのか、問いかける。

「あの——犠牲を払うことなく、物語はつくれないのでしょうか」と。

あるいは、

「ダークなものが現れないと、物語は動き出さないのでしょうか」と。

それは、ほかでもない、ぼくへの問いである。

「つくれるんじゃないかと思うし、すでに書いているような気もするんだけど」と、ぼくは曖昧《あいまい》に答え、月舟町を舞台にした物語の登場人物を挙げていく。そのうちの何名かは、すでにこの世にいなかったり、行方不明であったりする。これは他の作品においても同じで、その人数は作者が記憶している数を超えて、こんなにも死者がいたのかと愕然《がくぜん》となる。

が、それらを採り上げて、ただちに物語の犠牲者とみなすのは安易かもしれない。いま問われているのは、「犠牲のない物語は可能か」という問題で、この問いと向き合うには、ジャンゴのもうひとつの問いにあった「ダークなもの」について考えてみる必要がある。

「ダークなもの」というのは、「負のイメージ」や「不穏なもの」を孕《はら》んでいる。「恐怖」「苦難」「絶望」といった、よりシンプルな言葉に置き換えてもいい。
そういった要素がひとつもない物語は書けるのかといえば、書けるように思う。

ただ、「それは面白いのか?」と問われると、しばし目が泳いでしまう。

「物語」というのは、もともと口から口へと語り継がれてきたものだった。そこで語られていたのは、「語るに値する話」で、では、それはどんな話かと考えると、自分と自分に関わりのある人たちにとって有効なもの——ああ、また親方に叱られてしまう。「有効」などという言葉はなるべく使いたくない。「有効」をひらがなに変換したらどうなるだろう?

「ききめのあるもの」か。それとも、「ためになるもの」か。

もっと言葉を手にしたい。

そうしないと、間に合わせの言葉に引っ張られて、イメージがぶれていく。

初美さんは「切実」と言っていた。「切実」には生き死にに関わることが含まれているが、ぼくがいま探している「有効」の代わりになる言葉には、この「切実」と並んで「教訓」が見え隠れしている。

では、「教訓」はどう変換すればいいだろう?

「大事なこと」か、もしくは、「忘れてはならないこと」か。

「忘れてはならないこと」は、たとえば、指輪にその思いがこめられたりする。より思いが強いときは、刺青《いれずみ》に託して体に刻む者もいるだろう。

しかし、そこまでしなくてもいい。もっと手軽に、「切実」な「教訓」を身につける術《すべ》はないか。

お守りはどうだろう――。

お守りは、生き死にを司《つかさど》る何ごとかに通じ、「忘れてはならないこと」を念じて身につけている。それは石ころひとつでもいい。自分にとって、それがお守りであると思えれば、なんでもいい。

「語るに値する話」をお守りのように身につけ、そこから学んだことを教訓として忘れないようにする。

物語には、そうした効力があったし、いまもきっとある。

だから、物語を新しくつくろうとするときは、すべての物語がそうなる必要はないとしても、どこかでお守りのことを考えている。

そして、そんな物語は、かならず現実の人生に近づいていく。

どういうわけか、現実から距離を置いた物語を書こうとしていたのに、いつのまにか、物語ごと現実に引き寄せられていることがある。

物語の方が作者の手をはなれて現実に近づいていくのだ。

この「現実」はとても切実で、ダークなもの――負の力を引き連れている。

こんなことを書くつもりではなかったのに――と立ちどまろうとしても、負の力に誘われて、手が勝手に書いてしまう。


もし、物語が作者の思惑を凌駕《りょうが》し、勝手にお守りをつくろうとしているなら――そして、そのとき（ああ、そういうことなんだな）と作者が気づいたのなら、ダークなものを恐れず、勝手に書いていく手にまかせた方がいい。

そうして出来上がっていくものは、きっと、繰り返し語られてきた物語の「型」に収まっていく。

この物語の「型」は、どうやら人の営みがもたらした「型」であるように思う。

現世において繰り返される切実な苦難が、繰り返し語られる物語を生んできた。

そして、現実の悲しさや苦しさをやわらげるために、物語の中で苦難を疑似的に体験することで予習してきた。

親方に耳をふさいでもらって、あえて「有効」という言葉に戻るなら、繰り返しやってくる苦難を緩和するために物語は有効である。だから、物語をつくる者はダークなものを物語に導入し、そこでは、現実と同じように犠牲が生じ、命も奪われていく。

そうした物語が読者の心を動かすのは、現実に似せたフィクションの苦難を通して、「いいこと」に近づくための知恵が与えられるからだ。この「いいこと」の中には、ハッピーエンドも含まれているが、あまりに華やかなハッピーエンドは、余計なプレゼントに見えてしまうこともある。

こうしたことをふまえて、いまいちど、ジャンゴの問いに答えると、犠牲のない物語――もしくは、ダークなものが現れない物語をつくることは可能だけれど、書いているものが、物語になろうとすればするほど、つくり手の思惑を飲み込むように、物語の方がダークなもの――負の力を発揮し始める。

それはしかし、現実に起こりうる苦難への心がけ――お守りになる。


「だから、ジャンゴ、恐れることはないんだ」とそう言いかけたところへ、

「オレはそんなの受け入れられない」と尖《とが》った声が聞こえてきた。

その声は月舟町のウルトラ・スーパー・コンビニエンスストアで働いているタモツの声だ。ちなみに、「ウルトラ――」がどんなものであるかは『レインコートを着た犬』の中でタモツ自身が次のように説明している。


「たとえばだ。少し前までは、ガス代、電気代、水道代、電話代の支払いを受け付けていた。ところが、ウルトラ・スーパーになったら、家賃、月謝、授業料、給料、それにちょっとした仕送りに至るまで、ありとあらゆる支払いが可能になりやがっ

た。そのいちいちを、オレがひとりでこなしている。いいか、犬。この、オレひとり、ってところが重要なんだ。つまり、ウルトラ云々《うんぬん》の本当の意味は人件費削減の度合いを示す暗号だ。ウルトラの上には、ハイパーだのプレミアムだのといった言葉が載せられる。そのクラスになると、交替要員すら用意されていない。しかも、サービスはやたらにエスカレートして、オレたちはレジを打つだけじゃなく、客の求めに応じて、料理をしたり傷の手当をしたり検眼をしたりダンスの指導までしなくちゃならない」

急いで注釈を付け加えると、このタモツという青年は、いちいち言うことが大げさだったり、思い込みが激しかったりするので、話半分ぐらいに聞くのがちょうどいい。また、途中で「いいか、犬」と呼びかけているのは、実際に犬――ジャンゴである――に向かって力説しているからで、はたから見ればひとり言と大して変わらない。

タモツは威勢がいいけれどナイーブな男で、〈月舟シネマ〉の常連客の一人であるが、どんな映画を観ても、大いに涙を流して、誰よりも笑っている。

ジャンゴはこのようなタモツの性格をよく知っているので、タモツのひとり言をしっかり受けとめて、黙って聞いている——。


「おい、犬。この際だからきっぱり言っておくが、オレは映画の中で意味なく人が死んでいくのが許せないんだよ。理屈じゃないんだ。イヤなんだよ。いや、分かってる。そうした映画の中の死に、いちいち意味があるわけじゃないってことはね。でも、オレはイヤなんだ。そういうシーンは目をつむってる。本だったら、飛ばし読みだ。なんていうかさ——気が滅入《めい》るんだよ。大体、オレは疲れてるんだ。ウルトラ・スーパーに働いてるからね。映画を観ているあいだは、なるべく穏やかに過ごしたい。いや、分かってる。オレが感動しやすいタチだってことはね。だから、一本の映画を心穏やかに観るなんてことは不可能だ。泣いて笑って泣いて笑って、になる。だけど、ビビったり、身につまされたり、追い詰められたりするのはイヤなんだ。できれば、ハッピーエンドにしてほしい。ていうか、オレはハッピーエンドじゃない映画が信じられない。いや、分かってる。ハッピーエンドじゃなくても、面白くて素晴らしい映画はたくさんある。オレはいつだって泣いて笑って泣いて笑ってるんだから。だけど、なんであれ、つくりものなんだから、わざわざ辛《つら》く悲しいものをつくらなくてもいいじゃないか。オレはハッピーがほしい。オレの人生はハッピーじゃないからね。映画を観るときくらい、ハッピーになりたい。だって、そうだろう？　よく映画とか小説から人生を学べって言うけど、オレはもうイヤって言うほど人生そのものから学んでるんだ。だから、オレにこれ以上、絶望を見せないでくれ。オレは希望がほしい。お前だってそうだろう？」

ぼくはタモツが好きだ。「好き」という言葉はなるべく使いたくないけれど、タモツにはストレートにそう言いたい。

彼のような脇役がいると、安心して物語が進められる。主人公の思いや考えが物語を支配し、一辺倒になりがちなところを、タモツがひっくり返してくれる。

「オレはイヤだね」

とはっきり言ってくれる。

だから、いまこそタモツにはっきり言ってほしい。なんなら、こうして懸命に物語を論じている作者ごと吹っ飛ばしてもらっても構わない。

いや、待て。

「そういうのもイヤなんだ」

とタモツならそう言うか――。

「そういうのもイヤなんだよ。作り手のメッセージを代弁させられてるみたいなのは。たまにそういう奴《やつ》がスクリーンに現れる。物語の流れに関係なくね。いや、違うな。途中までは物語の流れにおさまっていたのに、急にキャラが変わって、長々と主張し始める。オレはそんな主張なんか聞きたくない。言いたいことがあるなら、物語の外で言ってくれ」

たしかにそのとおり。返す言葉がない。

何が難しいって、主張くらい扱いが難しいものはない。

作家たちの多くが、これを「演説」と呼んでいる。演説はいただけない。どうしても不自然になってしまう。「それだけはやめておいた方がいい」と先輩たちから何度も釘《くぎ》を刺された。

でも、ぼくは登場人物たちに――演説のつもりはないけれど――長ゼリフを披露《ひろう》してもらうのを辞さない。大いに主張してもらう。ただ、その主張はタモツが声を上げたとおり、反論のようなものであったり、あまりに独特すぎて多くの人の賛同を得られないものであったりする。

これは一種の威嚇《いかく》みたいなもので、ひとつの方向にかたよっていきそうになるところへ、別のサイドから物言いをつけているのである。

誰に対する物言いかというと、書いているぼく自身に対してで、少なくとも、タモツがこうして主張するときは、

「本当にそうか」

と自分に言いたいときだ。

書きながら考え、考えながら書いていると、こうしたことが起きる。威嚇や牽制《けんせい》のつもりだったのに、タモツの勢いに押されて、作者が説き伏せられてしまうこと

もある。

だから、タモツの勢いに乗って書かせていただくと――物語にとって「負の力」が有効であることは承知しているけれど――ぼくはタモツに喜んでもらえるような小説を書きたい。うわついたハッピーエンドにならないように気をつけて、なるべく登場人物たちを苦しめない、悲しませない、追い詰めたり殺したりしない小説を書きたい。

「いや、そんなもの、読みたくないいね」

タモツは目を逸《そ》らしてそう言うだろうけれど。

＊

しかし、人は夜になるとろくなことを考えない。

以前にも、そんなことを書いたことがある。だから、文章も朝に書くべきだと、そんなことも書き添えた。が、たしか、その一行を書いたのは夜だった。

月舟町へおもむくのは、一日のどの時間であってもかまわないのに、どうしてか、夜遅くにおもむくことが多い。

これは何の根拠もない妄想なのだが、夜になると遠く離れた場所や時間とつながりやすくなるような気がする。

空気が澄むからだろうか。

おそらく、「澄む」ということが重要なのだ。

人は入浴をして体を洗う習慣があるのに、体の内側は洗うことができない。言葉としては、「心が洗われた」という表現があり、よほどのひねくれ者でない限り、心が洗われることを嫌う人はいないだろう。

しかし、子供の頃に読んで、「心が洗われた」本を、大人になって読み返してみたら、なにひとつ響かなかったことがあった。大人になるにつれて心が汚れ、そう簡単には汚れが落ちなくなって、「洗われた」と思えなくなったのかもしれない。

こんな考え方自体が、心が汚れている証拠だろうが、夜になって空気が澄んでくると、汚れた心も澄んでくる気がして、子供の頃に戻った心地《ここち》になる。

とりわけ、夜が始まったばかりの頃合いがよく、十字路の食堂もまだ始まったばかりで、洗いたての暖簾《のれん》が清々《すがすが》しい。

始まりの時間の、その最初のところ——。

準備中の気配が隅の方に残っていて、空気は新鮮だが、まだその場に馴染《なじ》んでいない。夕方の空が見えているわけではないのに、頭の上で一番星がひとつ光っているのが分かる。

食堂で顔を合わせる夜中の常連は、帽子屋さんか雨降りの先生だが、夜の始まりの常連は隣町のサンドイッチ屋の息子――リツ君だ。

リツ君とこの食堂で顔を合わせるようになってずいぶん経《た》つが、彼はいつまでも少年のままで――いや、そんなはずはない、とっくに青年のはずだと頭を振って見なおしても、どういうものか、やはり少年のままである。

たぶん、彼は心が汚れていないのだ。

リツ君だけは、いつまでも純真な少年であってほしいという、周囲の大人たちの願いが彼を少年に見せている。

彼の定席は入口近くの壁ぎわの小さなテーブルで、その席からは食堂の全体が見渡せる。テーブルの上に開いたノートを睨み、店に入ってきたぼくに気づくと、

「あ、オーサー」

少年のままの声を上げた。

「オーサー？」とぼくはこちらを見上げている彼を見返す。

「著者や作家のことを、オーサーと言いますよね」

瞳は澄んでいるが、相変わらず生意気だ。

「そうだっけ？」

瞳がまぶしくて目を逸らし、リツ君の向かいの席に座って、

「宿題？」

とノートを指差した。

「いいえ、小説を書いているんです」

「え？　リツ君が？」

「どうして、そんなに驚くんですか。ぼくだって、小説くらい書きますよ」

「そうなんだ」

「だから、オーサーにいろいろ訊きたかったんです」

〈オーサー〉

食堂の小さなテーブルで。

リツ君と――。


「いろいろ訊きたいって？」

リツ君が開いたノートを見ると、まだ、まっさらで何も書かれていない。

「いろいろありすぎて、どこから訊いていいか分からないんですけど」

「じゃあ、先に訊くけどね――リツ君は楽しいお話を書きたいの？　それとも、悲しいお話？」

「あの――それって決めなきゃいけないんですか？　楽しいお話なのか、悲しいお

Dictio
nary
Dictionary

話なのかって」

「決めなきゃいけないってことはないけれど、どっちなのか決まっていない？」

「いえ、そういう意味じゃなくて、ぼくは楽しいとか悲しいとかじゃなくて、いろいろな気持ちになるものが書きたいんです」

「ああ――そうだよね。初めてなんだし。最初は、あれもこれもって詰め込みたくなるもんだよ」

「いえ、いま構想を練っているのは五作目なんです」

「五作目？　ということは、すでに四つ書いてるってこと？」

「そうですね。短篇《たんぺん》も入れると九作目です」

「そうか――それはすごいね――じゃあ、ぼくに訊くことなんて、何もないんじゃないかな。四つも長篇を書いたのなら、立派なオーサーだよ」

「いえ、それは違います。ぼくには読者がいませんから。それに、五作目なのにまだ迷っちゃうんです。一人称で書くべきか、三人称で書くべきか、とか。でも、いちばんの悩みは、オリジナリティのあるお話を書くには、どうしたらいいのかってことなんです」

「それは――なんだろう？――自分なりの個性みたいなこと？」

「ええ、それもそうなんですが――なんていうか――なんとなく、前に読んだことがあるようなストーリーになっちゃって――どれもそうなんです。真似《まね》しているつもりはないんですけど、何かに似ているような気がして」

「それって、お話の流れが似てしまうってことかな」

「そうです。流れとか、展開とか――」

「そうか――それは、でも、仕方のないことかもしれないよ。ぼくも勉強中だから詳しいことは分からないけれど、物語には『型』みたいなものがあるらしくて、大きく分けると、六つくらいしかないらしい」

「そうなんですか」

「いや、大きく分けるとだよ？　それに、分類の仕方はいろいろだから、六つって唱える人もいれば、十パターンだって言う人もいる。ただ、いずれにしても、そんなに沢山はないみたいで――」

「ということは、どんなお話を書いても、その六つの『型』の、どれかに当てはまっちゃうってことですか」

「一応、そういうことになっているみたいだけど、リツ君はもうオーサーなんだから、分類のことなんて考えなくていいと思うよ」

「その『型』っていうのは、物語のセオリーみたいなことでしょうか」

「セオリー？　ってどういう意味だっけ」

「そうですね――この場合は、法則ってことですかね」

「すごいね、リツ君。そんなことまで分かってるんだ」

「言葉だけですよ。意味はよく分かってないです。でも、物語の法則みたいなものが、何パターンかあるってことですよね？」

「そうだね——『風が吹くと桶屋《おけや》が儲《もう》かる』みたいな——いや、そんなこと言っても、さすがに通じないか——例として適切じゃないし——なんだろう——」

「それってもしかして、恋愛を描いた物語で言うと、二人がなかなかうまくいかなくて、すれ違いばかりしてる、というようなことでしょうか」

「そう、そのとおり。おかしなことだよな、って思うけど、物語と呼ばれているものって、ようするに、『うまくいかない』ってことなんだよ。『うまくいかない』ことから物語が生まれてくるっていうか——」

「すべての物語がそうなんですか？」

「それはどうかな——迂闊《うかつ》に『そうだよ』とは言えないけれど、『うまくいかない』にもいろいろあって、恋愛のすれ違いなんかは、思いどおりにならなくて、うまくいかないってことになるのかな。だからまずは、『思いどおりにならない』っていうのがあるよね。あとは——なんだろう——『謎が解けない』っていうのもそうだし、『探しものが見つからない』っていうのも、よくあるよね」

「どれも、『ない』んですね」

「そうか。たしかにそうだね。『出来ない』とか、『分からない』とか、『思い出せない』とか。ぼくもいま気づいたけど、『ない』ってことが、物語を生むんだね」

「それだけなんですか？　たとえば、オーサーになりたいっていうのは、物語にならないんでしょうか」

「ああ、なるほど。たしかに、それも物語になるよね。ということは——『ない』の先にあるのは、『たい』なのかな」

「たい？　ですか」

「『なりたい』とか、『見つけたい』とか、『行きたい』とか、『勝ちたい』とか、

『抱きしめたい』とかね——欲望っていうことになるのかな」

「欲望が物語を生むんですか」

「そうだね——『見つからない』から『見つけたい』のか、それとも、『見つけたい』けれど、『見つからない』のか。どちらも物語になりそうだよね。てことは、『ない』と『たい』は表裏の関係ってことなんだろうね」

「じゃあ、特に探しているものもないし、何かになりたいとも思っていない人からは物語は生まれないんでしょうか？」

＊

リツ君に訊かれて、（そんなわけないよ）と思った。

確信はないけれど、強く（そんなわけはない）と言いたかった。

物語は誰にでもあるし、誰からだって生まれてくる。

「ない」とか「たい」とかに関係なく、あらゆるところにある。

そもそも、「ない」とか「たい」などと口にしているのは人だけれど、人だけではなく、たとえば、森が物語を生むこともあるだろう。

天候がこの世の彩りを変えていくことは誰でも知っている――。

人だけではなく、この世のあらゆるものから物語はつくれるんじゃないか？

リツ君のまっさらなノートを見て思った。

「型」や「セオリー」は、大人たちが心を汚すことと引き換えに手に入れたものにすぎない。「型」が有効であることは間違いないけれど、「型」をつくるためには、削り落としたり、四捨五入をしたり、見て見ぬふりをしたということはなかっただろうか。

決めつけたり、決めつけられたりすることがイヤだったのに、いつからか、「型」や「セオリー」に依《よ》りかかって、「そういうものなんだから」と決めつけていたのではないか。

何ものにもとらわれることなく、まっさらなノートに物語を書き、書き終えて、読み返してみたら、「型」のひとつに、見事におさまっていた――。

そういうこともあるだろう。

それはそれで、「不思議なものだな」と首をひねっていればいい。

でも、まっさらなノートにまっさらな心で書いていったら、「型」から削り落とされたものと出会えることもあるのではないか。

特に探しているものもなく、何かになりたいとも思っていない人。

そんな人の物語こそ、ぼくは読んでみたい。

＊

「ふうん」

と親方がめずらしくしんみりしていた。

「タモツがそんなこと言ったんだ？」

「ええ。ハッピーエンドにしてほしいって」

ぼくもつられて少ししんみりした声になっていたかもしれない。

「終わりか――」

親方がそう言ったのと、店の時計が午前〇時を打ったのが同時だった。古本屋の時計らしく年代もので、午前〇時ともなれば、ぼうん、ぼうんと十二回も鐘を鳴らしつづける。

〈ハッピーエンド〉

デ・ニーロの親方の古本屋で。

午前〇時をまわったところ。

「まぁ、こうして一日が終わったわけだよ」

と親方。

「だけど、そう言い終わらないうちに、もう、あたらしい一日が始まってる。終わりなんてこんなもんだ。タモツが望んでるハッピーエンドにたどり着いたとしても、その先には、こうしてつづきがある」

「そうなんですよ」

「アンタ、このあいだ、小説を書くときに意図やテーマは必要なのかって言ってただろ？　自分の意図が邪魔になりかねないって」

「ええ。だから、なるべく意図は控えめにして、先行きも決めずに即興演奏をまじえながら書いていくんです」

「まったく決めてないのかい？」

「いえ、少しは決めています。遠くの方にかろうじて灯りがひとつ見えていて、とりあえず、あそこまで行ってみようという感じです」

「じゃあ、その灯りまでのあいだに何が出てくるか、アンタにも分からない？」

「分からないです」

「となると、終わりも決めてないわけだ」

「決めてないですね。だから、ハッピーエンドになるかどうかは、書いてみないと分からないんです」

「しかしアンタ、うまいこと終わせることが出来なかったらどうするんだい？」

「ええ、いつもそう思うんですけど、うまいこと終わらせる必要があるんだろうかって、そんなふうにも思うんです」

「いや、でもやっぱり、さぁこれで終わりだぜ、って時計の鐘が鳴るみたいにさ、終わりの合図みたいなもんを鳴らさないと――なんていうか――すっきりしないいんじゃねぇか？　書いてきたアンタも、読んできた読者も」

「そうなんですよ。そうなんですけど、あらかじめ最後にどうするか分かっていたら、面白くないじゃないですか」

「面白くない？　そりゃあ、読者はそう思うかもしれないけれど、アンタも面白くないのかい？」

「読者がそう思うなら、書いているぼくだって同じですよ」

「いや、それはどうかな？」

「いえ、そうなんです。というかですね、最後にどうなるか知ってるのに、最後まで言えないんですよ？　知っているのに、隠し通さなければならなくて、知らないふりをしたり、場合によっては、嘘《うそ》とかもつかなきゃならないんです」

「なるほどな。たしかにそれはもう手品みたいなもんだよな」

「そうなんですよ。自分はいったい小説を書いているのか、手品をしているのか分からなくなってくるんです」

「そうか。自分一人だけが結末を知ってるわけだからね。たしかに手品のタネと一緒だな。なんとか、タネに気づかれないようにして——」

「ええ、ちょっと小細工なんかもしたり、ミスリードなんかしたりして」

「だけど、手品は面白いもんだぜ。驚きがあるし、あざやかだし、ハッピーにもなるだろうし」

「そうですよね。やっぱり——そうですよね」

「ただ、ちょっと面白すぎるかもしれんな」

「面白すぎるなんてことがあるんですか？」

「いや、このごろ俺は思うんだけどね、いかにも面白いものっていうのは、ヤボなんじゃねぇかなって」

「ヤボ？　ヤボってどういうことです？」

「ヤボってのは、あれだよ――粋じゃねぇってことだ」

「じゃあ、どうすれば粋になるんですか。まさか、面白くない方がいいってことなんですか？」

「いや、そうは言わないけどさ、出来過ぎっていうのかな――まぁ、難しいけどね、誰にも決められないよ、どこまでが粋で、どこからがヤボなのかっていうのはね。こうして、粋がどうのこうのと言葉にしてること自体、粋じゃねぇからさ」

「それはまた、難しいですね」

「ただ、俺が思うに――あくまで俺が思うにって話だけど、あまりによく出来たものには、あそびがないいんじゃねぇかなって。アンタから即興の話を聞いて、さて、即興の面白さって何なのかって考えてみたんだけど――まぁ、俺は楽器をやらないんで分からないけど、俺の知ってることで言うと、『あそび』に近いんじゃねぇかなって。漢字の『遊び』じゃねぇぜ。ひらがなの『あそび』だよ」

「あそび、ですか」

「まぁ、俺なりに漢字に変換するとしたら、余白ってことになるのかな。アンタにこだわりがあるとしたらそこじゃねぇのか？　アンタは余白をつくりたいんだよ。そうだろう？　おかしな話だけどね、アンタが本当に届けたいのは余白なんだ。だから、終わりも決めないし、決めてないから終わりがない。終わりらしい終わりが来ない」

「それでいいんですかね？　さっき、親方も言ってたじゃないですか。それで、うまいこと終われるのかって。すっきりしないんじゃないかって」

「それでもうおしまいなんだと思うとね。いや、アンタはいいよ。アンタは物語が終わったあとも登場人物や物語の舞台がどうなっていくか、つづきを追うことができる。だけどさ、読者は最後のページが来たら、そこでもうお別れなんだよ。知りたいじゃねぇか、そのあと、どうなったのかをさ」

「でも、そうなると、いつまでも終わらなくて――」

「そうな。終わりの鐘を十二回も鳴らしたのに、すぐにまた次の日が始まっちゃうわけだからな。だから、どうしたって終わりは来ない。むしろ、終わりが来ないことが希望なんだって、アンタ自身がそう思わないと」

「希望ですか」

「タモツがそう言ったんだろう？　オレは希望がほしいって」

「ええ。『これ以上、絶望を見せないでくれ。オレは希望がほしい』って」

「まぁ、タモツのために物語を書く必要はないんだけどさ、タモツだけじゃなくて、アンタも俺も――まぁ、みんなと言ってもいいんじゃないかな――誰だってほしいよ。希望がね。いや、少しでいいんだよ。贅沢《ぜいたく》は言わない。アンタの言う『遠くの方に小さく見えている灯り』――そのくらいの希望でいいんじゃねぇか？」

「つづいていくってことですよね」

「そう。つづいていくってことだよ。もし、アンタのつくる余白に、つづいていくことの希望が見えてきたら、それはひとつの手品と言えるんじゃないか？」

――親方が手品師のように両手をひろげてみせた。

「まぁ、誰も気づかないかもしれないし、気づかないくらいが、ちょうどいいんだけどね」

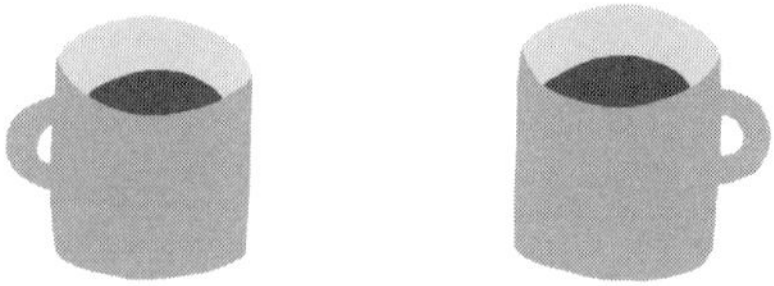

あとがき

まず最初に、大急ぎで言っておかなければならないのですが、ぼくは誰かに求められて物語論や小説論といったようなものを書く作家ではないと思っています。現に、これまでのところ、「書いてください」という依頼はありませんでした。ですから、自らこのような本を書くことは、ただただ恥ずかしいのですが、にもかかわらず、こうして書いてしまったのはどうしてなんだろうと、「あとがき」まで来て、いまさらのように考えています。

ひとつは、小説を書き始めて——正確に言うと、小説家としてデビューしてから二十年が経ったことと関係しているかもしれません。

自分としては、十周年や二十周年といったものに、まったく興味がないつもりだったのですが、そんなことを言いながらも、このプリマー新書の二百冊目、三百冊目、そして今回の四百冊目という数字的にきりのいいところで、こうして本を書かせていただいているのですから、大きな声では言えません。

プリマー新書を四百冊もデザインしてきたことに自分でも驚いてしまいますが、小説を二十年も書いてきたことの方が、さらに驚きかもしれません。

二十年間、小説を書く仕事と装幀デザインの仕事を並行してつづけてきましたが、デザイナーが片手間に小説を書いてるというふうに思われてしまう――決めつけられてしまう――のを、とても残念に思っていました。というのは、自分の中の時間割としては、デザインをしている時間よりも、小説を書いている時間の方が、遥かに遥かに遥かに長かったからです。二十年間の八割方は、ずっと小説を書いていたという印象です。これはおそらく、デザインの仕事は相方の吉田浩美との共同作業であるからで、彼女のおかげで小説を書きつづけることができたのは間違いありません。ですから、「ぼくはこんなふうにデザインの仕事をしてきました」というような本を書くのは、もしかすると難しいかもしれず、それよりも、「ぼくはこんなふうに小説を書いてきた」という思いの方が自然と募ってきて、それで、このような本を書くことになったのではないかと思われます。

もうひとつ――。

こちらの方が重要かもしれませんが、小説を書くというのは一人きりの仕事です。一人きりの作業です。一人きりで考えて、一人きりで読み返し、一人きりで何度も書き直したり、一人きりで、「ああ、うまくいかない」と頭を掻《か》きむしっては、「ちくしょう」「どうしてなんだ」と自分を呪ったりしながら、毎日毎日、書きつづけてきました。

これは、すなわち――ぼくはこの言葉をめったに使いませんが――「孤独」な作業です。そして、これもめったに使わない言葉ですが、ようするに「好き」なんだと思います。めったに使わないふたつの言葉を組み合わせて言うなら、ぼくは孤独が好きなのでしょう。

あ、やはり文字にしてしまうと、急いで取り消したくなります。「孤独が好き」は言い過ぎました。せめて、「孤独が嫌いではない」くらいにしておきましょう。好きとは言わないまでも、嫌いではなかった。でなければ、二十年間も小説を書くことなど、まず、できなかったと思います。

というのも、いくら孤独が嫌いではないとはいえ、一日中、部屋にとじこもって誰とも顔を合わせない、誰とも話をしないというようなタイプではありません。皆とテーブルを囲んで、ああでもない、こうでもない、と笑って話す時間を何より尊いと思ってきました。そのような自分が、自ら進んで一人きりの作業に臨み、それを二十年もつづけてきたのですから、「それって、どういうことなんだろう?」と自問してみたくなったのです。

小説において、あまり歓迎されないことのひとつに、自問自答というものがあります。自分で、「どういうことなんだ?」と問いかけ、そのあと、「それは、こういうことなのだ」と自分で答えるものです。場合によっては、御法度とまで言われたりするのですが、ぼくは、この自問自答が好きで――いえ、嫌いじゃなく――人間の営みの根本にあるのは、自問自答ではないかと思っています。それに、なにしろ一人きりで小説と向き合っているのですから、自問自答以外に何ができるんだ、という開き直りもあります。

しかしです。ここから先が大事なところです。

「ずっと、一人きりだったのか？」と自問してみると、現実的にはそうなのかもしれないけれど、精神的にはそんな感じがしません。

「どうしてだろう？」とさらに自問してみると、「そこに登場人物がいたからだ」と気づきました。現実的には一人きりで書いているけれど、精神的には登場人物たちと一緒に物語を考えてきました。登場人物たちと話し合ったり冗談を言い合ったり、一緒に笑ったり泣いたりしながら二十年間を過ごしてきた――そういう手ごたえというか、感触が確実にあるのです。

だから、この本も彼らと一緒に話し合って書くべきだと思いました。彼らがいなかったら、二十年間、小説を書きつづけていたかどうか分かりません。そしてもちろん、読者の皆さんが読んでくださったことが常に大きな支えでした。

以上が、どうしてこの本を書いたのか？　という自問への自答ですが、最後にもうひとつ、イラストについて書いておきます。この本には何点かの人物スケッチのようなイラストが配されていますが、それらは——犬のジャンゴを除き——文章に登場している人物を描いたものではありません。しかし、ここに描いた彼らも月舟町の住人に違いなく、次は彼らの物語を書いてみたいと思っています。

二〇二二年　三月

吉田篤弘

chikuma primer shinsho

ちくまプリマー新書 400
物語《ものがたり》のあるところ——月舟町《つきふねちょう》ダイアローグ
二〇二二年四月十日　初版第一刷発行

著者　吉田篤弘（よしだ・あつひろ）
装幀　クラフト・エヴィング商會
発行者　喜入冬子
発行所　株式会社筑摩書房
東京都台東区蔵前二-五-三　〒一一一-八七五五
電話番号　〇三-五六八七-二六〇一（代表）
印刷・製本　株式会社精興社

ISBN978-4-480-68427-1 C0293　Printed in Japan